Jack Ripperen
Erika Sanders

1

Synopsis

Tamara visste ikke og ville aldri vite hva som skjedde etter det.

Alt hun husket var det plutselige, blendende sølvglimt i lyset, en brennende følelse over halsen og hodet som ble rykket opp av håret.

Og plutselig var det umulig å puste.

Hun slet og prøvde å løsne grepet hans, men fant ut at armene hennes føltes som blyvekter og at fokuset hennes ble uskarpt ...

Merknad til forfatter:

Erika Sanders er en internasjonalt kjent forfatter, oversatt til mer enn tjue språk, som signerer sine mest erotiske forfatterskap, bort fra sin vanlige prosa, med pikenavnet sitt.

Indeks:

JACK RIPPEREN
ERIKA SANDERS

11

KAPITTEL I

Tamara lå stille under mannen, lukket øynene mot synet av det forvrengte og stygge ansiktet hans, men holdt bena spredt så bredt som mulig. Hun kunne ikke klage; han var tross alt ren og hadde nylig tatt et bad, så duften hans var ikke problemet. Det var magen hans. Hun skulle aldri ha bestemt seg for å ta en feit mann til sengs, men 400 dollar var for mye til å la være. 400 dollar, barback. Tarmen hans presset seg inn i magen hennes, og hun fant det nesten umulig å trekke en full, dyp pust. Utenom det gned pubene hans kliten hennes rå og det ble smertefullt.

Til slutt satte han fart, humpet henne som om livet hans var avhengig av det, og dunket det allerede såre hullet hennes til han begynte å komme. Han rykket oppover for hver utløsning, og fikk henne til å tenke på en hval som hopper opp av vannet, og fire våte sprut senere rullet han av henne, begge gisper etter pusten.

Han tørket ansiktet og så på henne. "Du var flink."

"Øh, takk." Hun satte seg opp og klappet ham på midten. "Har du noe imot at jeg bruker badet ditt?"

"Ikke i det hele tatt. Bare gjør det raskt. Min kone kommer tilbake når som helst."

Tamara sto og klemte bena hennes tett sammen for å forhindre at den vannholdige sæden hans glir ut. Hun klarte å holde det meste inne til hun kunne sitte på toalettet og bruke musklene til å uttrykke det. Hun brukte et par dobbel dopapir for å rense rotet, dabbet på innsiden av bena og prøvde å tørke blondene på toppen av strømpebåndene og strømpene. Ikke verst, tenkte hun. Hun spylte toalettet og gikk tilbake inn på hotellrommet, og lurte på om hun hadde noe dusj på rommet sitt. Må kanskje skaffe noen på vei hjem.

"Vil du være på Essex i morgen?"

"Jeg vet ikke. Kanskje det." Tamara rakte ut hånden og ga ham sitt søteste smil da han la fire hundre dollarsedler på håndflaten hennes. "Vil du ha en annen date?"

"Ja. Ikke finn for mange horer som gjør det uten gummi."

Hore. Hun hatet ordet, men det beskrev hva hun var. Hun sukket og plastret det falske smilet på igjen. "Vel, kom og finn meg når du er klar."

Det milde smellet fra døren som lukket seg bak henne var trøstende og Tamara gikk så raskt som mulig til heisen. Hun gikk forbi et eldre par som ga henne et slemt blikk, og hun trakk ubevisst i den høye kanten av plisséskjørtet sitt, vel vitende om at det ikke kom til å dekke babydukkestrømpene og rosa strømpebåndene. Heisen kom og satte henne ut av deres elendighet, og i løpet av minutter var hun tilbake på gaten igjen og pustet inn den friske luften i New York City.

Tamara hadde bodd i NYC i nesten fire år og hadde vært prostituert i nesten like lenge. Et tilfeldig møte på en bussterminal da hun hadde stukket av, hadde knyttet henne til Torrance. Han var alltid på utkikk etter ferskt kjøtt, og hennes seksten år gamle kropp hadde passet perfekt. En annen jente, Julieta, hadde lært henne å spille spillet, og på et blunk tjente Tamara penger, det meste ble gjort krav på av Torrance. Da han ble skutt ned av en forbanna meth-forhandler, henvendte hun seg til Sellers, en annen hallik som holdt en bedre stall. Hun tjente bedre penger med ham, men han krevde at alle jentene hans skulle ri klienter bareback. Til å begynne med hadde hun sviktet, gitt gratis oralt og brukt kondomer på siden, men en av johns hadde klaget og en kraftig juling hadde endret mening om å krysse ham igjen.

Hun dro nedover Essex og bestemte seg for å ta bakgaten tilbake til Sellers leilighet. Føttene hennes tok livet av henne, og hun ble forbanna over at Julieta hadde tatt de gamle svarte knullepumpene hennes uten å spørre. Jævla fitta! Hun måtte ha en bedre lås på døren. Selgere ville nok sørget for det for henne.

En skygge løsnet seg fra en døråpning og hun frøs midt i skrittet.

"God kveld." Stemmen var lav og kultivert med en engelsk aksent som David Bowie. "Er du ledig i kveld?"

"Jeg er ikke fri, men jeg kan kjøpes."

Han kom inn i lyset og hun smilte og takket den som var ovenpå at han var høy, rank og kjekk.

"Hvor mye?"

"Kommer an på hva du vil."

"Jeg vil at du skal suge pikken min og svelge spermen min."

"Ingen gummi?"

"Ingen gummi. Hva koster det?"

"$300." Han gestikulerte at hun skulle følge ham, og de gikk tilbake til den samme svakt opplyste alkoven som han hadde kommet ut av. Han begynte umiddelbart å åpne buksene. "Pengene først, professor."

En gang han gaflet pengene og hun hadde sjekket dem og lagt dem i lommeboken hennes, knelte hun på den skitne bakken og ventet mens han åpnet buksene. Hanen hans spratt ut, tykk og hard, og hun ga en lyd av takknemlighet da hun strakte seg etter den.

"Snill kuk. Klart du ikke vil knulle?"

"Ja. Jeg er sikker."

Tamara visste ikke og ville aldri vite hva som skjedde etter det. Alt hun husket var det plutselige, blendende sølvglimt i lyset, en brennende følelse over halsen og hodet som ble rykket opp av håret. Hanen hans forsvant ut av syne og plutselig var det umulig å puste. Hun kjempet og prøvde å løsne grepet hans, men fant ut at armene hennes føltes som blyvekter og at fokuset hennes ble uskarpt.

Han bare smilte og brukte håret hennes, løftet hodet hennes opp til hanen hans børstet det brede snittet han hadde laget i nakken hennes. Hennes varme, sprutende blod dekket stangen hans, noe som gjorde inngangen glatt og fløyelsmyk. Perfekt. Rett og slett perfekt. Han stakk igjen og igjen, kroppen skalv mens hun gurglet og kjempet og han fyrte av lasten hans, akkurat da hun trakk sitt siste åndedrag.

Perfekt. Han kastet henne til side som søppelet hun var, og satte glidelåsen i buksene hans, og nøt følelsen av det tyktflytende blodet hennes som sildre gjennom kjønnshåret og tørke på testiklene hans. Rett og slett perfekt.

KAPITTEL II

Etterforsker Clarice Burton parkerte den umerkede bilen sin på kanten av den gule polititapen og trakk skjoldet hennes ut og stakk det inn i jakkelommen hennes. Innspillingssjefen noterte hennes offisielle status og lot henne passere, mens hun så den runde rumpa hennes rykke av gårde mens hun satte kursen mot knuten av menn med mørk dress, hvorav de fleste så bort da hun nærmet seg. Det var 2004 og den tette verdenen til New York Citys beste detektiver utstøtt fortsatt kvinner. Hun ble ansett for å være et mindreverdig vesen, selv om hun hadde den høyeste løsningsprosenten i bydelen.

Likevel hadde ikke Clarice Burton overlevd nær døden i hendene på en voldelig ektemann for å la noen få menn med små pikk dytte henne rundt. Partneren hennes, Tony Acosta, ga henne et respektfullt nikk, stakk hendene inn i lommene og så opprørt ut.

"Hei, gutter." Mario Andreotti og John Stevens mumlet hilsener, så hun gikk gjennom sirkelen deres og satte kursen mot den lakenkledde kroppen. Hun trakk dekselet tilbake og undersøkte den unge kvinnen, og la merke til den dype skiven i nakken og mengden blod som omringet den livløse kroppen hennes. "Så hva har vi her?"

Mennene utvekslet blikk og Acosta forlot sirkelen, knelte på huk ved siden av henne mens han trakk ut notatboken. "Hennes navn er Tamara Williams, 20 år. Hun er en prostituert som kommer seg ut av Jamie Sellers nettsted. Hun ble funnet av Patrick Miller, søppelmannen som sto der borte."

"Noen vitner?"

"Ingen."

"Mangler hun noe?"

"Ikke som vi kan fastslå. Pungen hennes er der borte. Hun hadde 700 dollar i kontanter, neglefil, telefonkort og en flaske klar neglelakk."

"Ingen kondomer?"

"Nei."

"Sørg for at du noterer deg for å fortelle rettsmedisineren å se etter sykdommer som HIV/AIDS. Hun ser ganske frisk ut, men hvis hun gjør triks barback, vet man aldri."

"Riktig. Det er noe annet du kanskje vil se." Acosta tok på seg en hanske, vendte arket tilbake igjen og brukte tuppen av en gammel kulepenn for å åpne det dype skjæret i den døde kvinnens hals. "Ser du det?"

Burton lente seg fremover og konsentrerte seg om en suppeaktig hvit blanding som fløt på toppen av det koagulerende blodet som den hvite klumpen man vanligvis finner i en eggehvite. "Hva er det?"

"Det er sperm."

"Hva? Hvordan vet du det?"

"Jeg er ikke sikker, men det er det jeg tror." Han flyttet kanten av pennen ned, og viste Burton en skinnende hvit linje på innsiden av huden. "Jeg tror han skar over halsen hennes og knullet såret mens hun var døende."

"Ugh!" Hun sto og bøyde de vonde benmusklene mens hun tenkte på ordene hans. "Hørtes ut som en super jævla pervers."

"Jeg må si meg enig med deg, Clarence. Vel, hva er det neste?"

"Få det du kan fra søppelmannen og overvåk henne med å plukke opp. Fortell til rettsmedisineren at jeg vil vite hva det stoffet er i halsen hennes med en gang, og hvis det er sæd, få ham til å sende det til skriving. Vi kan være heldige og finne noen i databasen."

"Ok. Hva skal du gjøre?"

"Snakk med Jamie Sellers. Kanskje jeg kan finne ut hvem hennes siste klient var."

"Jeg tror ikke dette var en klient, Clarence. Jeg tror uansett hvem fyren var, han var frilans."

"Jeg må si meg enig, men det skader ikke å prøve."

Burton overlot partneren sin til avdelingsvennene sine og kastet hennes mistenksomme blikk over menneskene som var samlet for å se den døde kroppen. Det var velkjent at noen ganger ville gjerningsmannen returnere til åstedet for forbrytelsen for å gjenoppleve den eller for å glede seg over politiets udugelighet. Søppelmannen så ikke ut til å være nervøs for å ha oppdaget en lik, og kjederøykte lykkelig og snakket i mobiltelefon. Den eneste personen som fanget oppmerksomheten hennes var en prest, som sto i utkanten av folkemengden med leppene i bevegelse mens han ba en stille bønn over kroppen.

"Glad noen gir henne en velsignelse." Hun mumlet for seg selv da hun dro tilbake til bilen sin. "Vi trenger alle en."

Neste stopp: The Central.

* * *

Han tok en øl fra kjøleskapet og satte seg ned i favorittstolen sin og la hvilestolen tilbake mens han satte tommelfjernkontrollen i bruk. TV-en dukket opp og en reklame for møbelbutikken ble ferdigspilt rett før Evening News begynte.

"Vår topphistorie, en kvinne ble funnet nesten halshugget i en bakgate på Lower East Side." sa ankerkvinnen. "La oss gå live med vår reporter på stedet." På dette tidspunktet bøyde han seg fremover, interessen vekket. Mens reporteren beskrev forbrytelsen, undersøkte han ansiktene til personene på stedet. Han elsket de fryktelige og noen ganger ledige uttrykkene i tilskuernes ansikter. Hanen hans stivnet i buksene og han kneppet opp pysjamasbuksen og ga den et langt, hardt slag.

"Detteektiven i denne saken, etterforsker Clarice Burton, hadde dette å si om drapet." Han undersøkte den grove politimannen og kuken hans ble enda hardere. Så nydelig hun var! Alt det rødgullhåret, blå øynene, enorme puppene... gud, som han ville elske å dytte kuken sin opp mellom disse skjønnhetene og spy ut lasten sin på haken hennes. Han ga seg selv et nytt hardt slag, og anstrengte seg med innsatsen. Hun fortsatte å snakke om noen av de spesifikke forbrytelsene, og oppmerksomheten hans ble trukket mot munnen hennes, bred og saftig, med den lyserosa fargen som unge jenter foretrakk. Den var mer enn i stand til å suge kuken hans. Han stønnet, gned hardere nå, og brukte videoopptakerens magi for å se intervjuet på nytt slik at han kunne se munnen hennes bevege seg om og om igjen.

En prikking i bunnen av ryggraden signaliserte at han ble løslatt, og han kom, sæden hans stemplet opp i luften, sprut etter sprut landende på den børstede fløyelen på stolen og den brunbrune haugen på teppet under. Han hive etter pusten aktiverte han fjernkontrollen igjen og ble liggende haltende og kom seg mens han så resten av intervjuet. Han ble overrasket over å se presten intervjuet neste gang, og lyttet til hans velvillige ord snakke om livets dyrebare og hans løfte om å be for den unge kvinnen.

Faen gud! Han rykket, gjemt seg bort og slukte ølet. Den horen fortjente ikke å leve, fortjente ikke å trekke en søt pust. Hvis presten ville ha horer å be for, ville han fått viljen sin. Han ville definitivt fått viljen sin.

KAPITTEL III

Snakk med Jamie Sellers hadde vært verdiløst. Burton visste allerede at hun sannsynligvis ikke ville få noe fra ham, men hun var forbanna over at halliken ikke ville gi opp Tamaras siste klient for avhør. Han viste ingen reell bekymring for velferden til de andre kvinnene som jobbet for ham, ville bare vite hvor hun ble drept slik at han kunne holde resten av jentene ute av området i frykt for arrestasjon.

Så langt han var bekymret, var Tamara en tavle som hadde blitt tørket ren, og ba bare om at han skulle få pengene i lommeboken hennes. Selvfølgelig hadde Burton takket nei, og sa at pengene ville bli frigitt til familien hennes, hvis det var mulig, og hvis ingen familie ble funnet, ville Police Officer Benevolent Association motta dem. Selgere var selvfølgelig ikke fornøyd. Han slengte igjen døren etter Burton, mens han mumlet i pusten om "de jævla grisene som ikke trenger flere smultringpenger".

Siden det begynte å bli sent, bestemte hun seg for å ta filen og dra hjem, sparke av seg skoene og gå ned til kontoret sitt. En stor korktavle tok mesteparten av plassen i det lille rommet, og hun slo på lysene og stirret på tavlens innhold. Øyeblikksbilder, 8 X 10-er og andre godbiter strødde seg i nesten hver tomme av overflaten, alle visuelle representasjoner av unge kvinner som hadde blitt brutalt myrdet i distriktet hennes siden hun ble politibetjent. Burton åpnet manila-mappen i hånden hennes og tok ut bildet av Tamara, og stakk det opp på et tomt rom.

Øynene hennes ble trukket til en 4 X 8 av en vakker liten jente med blondt hår og blinkende blå øyne. En slik engleaktig skjønnhet hadde blitt slått ned av samme slags hånd som hadde drept den jenta i dag: en sint mann som så på henne som et seksuelt verktøy og ikke et menneske. Tim hadde røykt en sigarett og sett på TV da Clarice hadde funnet

Angies kropp i den lille sengen hennes. Hun ville aldri glemme synet av blodet som strøk på innsiden av bena hennes og den rene uskylden i de blinde øynene hennes.

Tim Burton satt i fengsel nå, og sonet to påfølgende tjue års fengselsstraff for Angies misbruk og påfølgende død, mens Clarice sonet en livstidsdom i sitt fengsel med skyldfølelse, morens hjerte fylt av skyldfølelsen for å ha mislyktes. Hun svelget mot klumpen i halsen, og løftet den ene skjelvende hånden for å berøre de frynsete kantene på bildet. Hun ville aldri røre den fargede delen av bildet; dette lille bildet og en bamse var alt som var igjen av datteren hennes.

Burton vred bort hånden hennes og vendte blikket opp mot Tamara. Hun var noens datter. Et sted hadde hun hatt en myk og trygg seng å sove i. Et sted hadde hun feiret jul og påske med folk som hadde omsorg for henne. Hun hadde ikke det hardbitte utseendet til en prostituert som aldri hadde sett omsorg og bekymring. Et sted, en gang, hadde hun opplevd kjærlighet.

"Hvorfor ikke nå? Hvem var det du møtte og ikke viste deg kjærlighet? Hvem var det som lot deg dø i ditt eget blod? Fortell meg, Tamara. Fortell meg hvem han var."

* * *

"Jeg vil ikke gå, selgere, og dere kan ikke tvinge meg!" Julieta skrek og snudde seg for å gå bort. Hun var utslitt av å gjøre jobber hele dagen, føttene hennes gjorde vondt og hun ville ikke gå og gjøre denne siste øyeblikksjobben som ventet på hjørnet for henne. Bildet av Tamaras dødmatte øyne og den skrudde kroppen hennes var for friskt i minnet.

Sellers skrustikkelignende grep om bicepsen hennes kuttet blodet fra armen hennes, og han hveste, mens tennene hans på linje skinnet i lyset. "Jeg kan få deg til å gjøre hva jeg vil." Han overfylte henne, og gikk så nærme at hun skalv, til tross for bravader hun forsøkte å fremføre. "Trenger du å bli påminnet?"

"Nei." Julieta hatet seg selv når hun spyttet ut ordet raskt, og ga ham beskjed om at skremmingen hans virket. "Men jeg vil at du skal gå med meg."

"Jeg skal ikke se på deg og en hvit gutt knulle! Kom deg nå." Han ga henne et lite dytt mot den ventende mannen. "Og få pengene først!"

Julieta ristet det bølgete håret ut, rettet på kjolen og gikk bort til mannen og prøvde å se sexy ut uten å tenke på hvor vondt føttene hennes gjorde. "Hallo."

"Hallo." Stemmen hans var myk, nesten pustende og han så sjenert bort. "Du er veldig vakker."

"Takk. Liker du latinske kvinner?"

"Elsker dem." Igjen pustende, men med et snev av ...en aksent?

"Så du vil ha en date?"

"Ja. Jeg vil knulle puppene dine."

"Som disse, ikke sant?" Julieta så seg rundt for å forsikre seg om at ingen andre så på og ga et sanselig klem på det ene brystet hennes. "De er ekte. Vil du røre en?"

Foreløpig strakte han ut en klode, løftet dens søte vekt og klemte den. "Å, shit."

"Dobbel Ds." Julieta forsynte stolt. "$300 og de er dine."

"Svelger du?"

"Legg til ytterligere $200, så drikker jeg hver lille bit du har å gi."

"Ferdig."

Fnisende førte hun ham bort til et sted bak søppelcontaineren og rakte ut hånden, smilende da han la fem hundre dollarsedler i hånden hennes. "Takk skal du ha." Med den biten av veien, trakk hun toppen ned og lot ham gni ansiktet mot dem før hun falt på knærne og ventet andpustent på å se pikken hans. Han åpnet glidelåsen i buksene og trakk hanen ut, slo den mot kinnene hennes før han skled den mellom brystene hennes. Julieta holdt puppene sammen, bøyde hodet ned og sugde hodet inn i munnen ved hvert trykk.

Han stønnet, tok tak i skuldrene hennes for å stabilisere seg og pumpet raskere. Det kom til å skje snart, han kjente det. Den kjente kriblingen. Han hveste da hanen hans brøt ut, dyttet den inn i munnen hennes og dyttet den så langt inn i munnen hennes som han kunne. Hun ble først kvalt, så svelget hun og tok tak i hoftene hans for å unngå å kneble en gang til. Da han endelig sluttet å kumme, trakk hun hanen hans ut av munnen og dro skjorten på plass igjen.

"Ser deg senere."

Julieta så ikke armen hans rundt halsen hennes, men hun hørte knasingen i luftrøret hennes da det ga etter for styrken til muskelen og beinet hans. Og ganske snart hørte hun ikke noe annet.

KAPITTEL IV

Jim Blanch kom fra skolen på samme tid som han alltid gjorde. Moren hans la merke til det da hun ropte velkommen til ham og lyttet til hans tunge fotfall mens han jogget opp trappene. Hun smilte. Jim var en så god gutt; en gudegave etter den omstridte skilsmissen hun hadde måttet tåle. Han skulle uteksamineres i år, var en straight A-student og elsket å spille basketball med vennene sine. Best av alt, han ryddet opp på rommet sitt uten å spørre og hjalp henne når hun trengte det.

Faktisk måtte hun be ham om å gjøre en tjeneste. Naboen deres, Mr. Greenwell, trengte en koffert hentet fra loftet og Lorna hadde meldt Jim frivillig til jobben. Hun tørket hendene på forkleet, snudde kyllingrigatonien ned og gikk til bunnen av trappen.

"Jim! Kan du komme ned hit, takk?"

Lorna ventet, men hun fikk ikke det normale svaret fra ham. Kanskje hadde han lukket døren eller hørte på musikk. Siden hun hadde kjøpt den MP3-spilleren til ham, måtte hun noen ganger gå helt opp trappene til rommet hans for å få oppmerksomheten hans. Hun sukket og gikk opp trappen. Hun måtte gjøre det igjen, og knysten klaget.

"Herregud! Jim!"

Hun klatret opp trappene, favoriserte den skadde foten og hvilte på trappeavsatsen, mens hun krympet seg av smerten. Hun hørte musikk. Hun kjente bandet godt; i det siste hadde han vært besatt av Franz Ferdinand og spilt deres nye album om og om igjen. Under trommeslag og gitarskrik hørte hun noe annet. Noe uten rytme; noe som ikke stemte med musikken. Det hørtes ut som ... knirkende sengefjærer.

"Jim?" Hun ringte ikke like høyt nå. Jim var atten og på god vei til å bli mann, og hun visste at han av og til onanerte i dusjen. Hun ønsket ikke å forstyrre ham hvis det var tilfelle, men hennes spesielle mors sans fortalte henne at noe ikke stemte. "Jim, jeg trenger at du gjør meg en tjeneste."

Hun gikk nærmere og nærmere, musikken vokste i volum og lydene økte i hastighet og tonehøyde. Hennes rystende hånd nådde dørhåndtaket og hun tok tak i det, og ga det en enkel tur. "Jim?"

Synet som møtte øynene hennes var et som Lorna Blanch aldri ville glemme. Sønnens rom var i sin vanlige tilstand av uorden. Plakater av Jennifer Garner og Jessica Alba ble teipet på veggene sammen med halvnakne animekvinner. Og sønnen hennes lå på sengen, naken. De sterke bena hans gikk over noe, hoftene bøyde seg og ryggmusklene kruset. Lorna tok et lite skritt sidelengs, øynene hennes ble store. Under sønnens kropp var et par perfekte bryster, og han holdt dem sammen mens han stakk hanen mellom dem.

Lorna Blanch skrek.

* * *

"Er du seriøs?"

Burton og Acosta åpnet stasjonsdørene, gikk ut og hoppet ned trappene mens de satte kursen mot bilen hennes.

"Jeg skulle ønske jeg var det. Hun ringte for fem minutter siden og sa at sønnen hennes knullet et par pupper og at hun skulle komme og hente dem."

"Er vi sikre på at de tilhører Julieta Friars?"

"Nei, men jeg kan egentlig ikke komme på noen andre som mangler et par pupper, kan du?"

Det var ingen videre samtale før de ankom brunsteinen, surrende etter inngang. Lorna Blanch var midt imellom sinne og avsky, og sønnen hennes var åpenbart støyten for begge.

"Mrs. Blanch? Jeg er detektiv Burton. Dette er detektiv Acosta."

Kvinnen håndhilste dem raskt, og hennes sinte blikk vendte tilbake til den unge mannen som prøvde å gjøre seg mindre i stolen. "Jeg lærte ham bedre enn det. Han visste bedre enn å ta med den skitne tingen i huset."

Acosta våget et spørsmål, på vakt mot å vekke hennes harme ytterligere. "Mrs. Blanch, er du sikker på at de er ... ekte?"

"Å, de er ekte, greit." Hun knipset sint, så snudde hun seg for å bjeffe mot sønnen. "Gå vis dem, Jim."

Den unge mannen snakket ikke. Han førte dem opp trappene til soverommet sitt og pekte på sengen sin. Et perfekt sett med bryster hvilte nær puten hans, pent utskåret og trimmet for bærbarhet, den ene brystvorten gjennomboret med en stang som hadde en dinglende bie på seg. Burton trakk et sett med hansker fra lommen hennes og undersøkte kjøttet nøye.

"De er hennes."

"Hvordan vet du det?"

Burton løftet det venstre brystet og viste ham de tatoverte bokstavene. Lille B.

"Det var gatenavnet hennes." Hun tok av seg hanskene med et knips og snudde seg mot den unge mannen. "Hvor fant du dem?"

"I søppelcontaineren." Han stammet. "På vei hjem fra skolen."

Burton stanset i tankene og dro Acosta til sin side. "Vi bør jobbe raskt. Jeg er redd for hva han skal gjøre videre."

KAPITTEL V

Burton og Acosta gjennomsøkte søppelcontaineren der Jim Blanch hadde sagt at han fant brystene, men de klarte ikke å finne andre bevis. Puppene tilhørte Julieta; de passet perfekt på plass da legen passet dem inn i det pent utskårne hullet i overkroppen hennes. Acosta fikk nesten oppblåst kalvekjøttscaloppini på vei ut døren. Dr. Arbitag lo så hardt at kloden av Vicks under nesen hans truet med å kaste seg utover rommet.

"Denne burde være med i OL. Sannsynligvis barbert noen sekunder fra Usain Bolts tid."

"Arby, du er en skikkelig jævel, vet du det?" Clarice lo og hjalp ham med å legge kroppsdelen tilbake i den separate posen.

"Ja, men du elsker meg." Han lukket posen og satte den på en vogn. "Vel, Clarice, jeg vet ikke hva jeg kan fortelle deg, men vi har ikke klart å finne noe brukbart bevis for deg."

"Hva med sæden?"

"Vi skrev det, men vi fikk ingen treff i databasen."

Burton trakk av seg hanskene med et knips og tråkket på spaken for å åpne den medisinske søppelbøtten. "Veddet egentlig ikke på det på noen måte. Du vet at de vanligvis er et langt skudd."

"Ja, noen ganger." Arby vasket hendene og snudde seg tilbake til detektiven. "Men du vet aldri før du prøver."

"Arby, du har sett mange saker. Jeg vet at du ikke er Michael Baden, men jeg trenger ekspertisen din." Hun stoppet opp og organiserte tankene sine. "Han kommer til å drepe igjen og det kommer til å være snart. Julieta var i går. Tamara var to dager tidligere. Etter midnatt kommer vi til å ha en annen død kvinne på hendene og ordføreren kommer til å drite."

"Du vil ikke like det."

Burton lo, raskt edru. "Kan du gi meg noe å gå på? Noe fra magen din?"

Arbitag tørket hendene og begynte å spyle biter av kjøtt og levret blod ned i avløpet på et bord i nærheten. Han så opp på henne et øyeblikk, så slapp han slangeventilen og avsluttet vannstrømmen. "Han er gal. Han er ikke bare en som er intelligent, men han er også psykisk syk. Hans valg av å bruke prostituerte som mål er ikke en original idé, men hans spesifikke valg av prostituerte som ikke bruker kondom er det."

"Ingen kondomer?"

"Den vaginale eller anale kanalen til en kvinne som konsekvent bruker kondom er mye forskjellig fra en kvinne som ikke gjør det. Muskelstripene er mye jevnere og vaginalmusklene til begge kvinnene viste at ingen av dem nylig hadde praktisert sikker sex."

"Så de var bareback-spesialister."

Arbitag nikket, aktiverte vannet igjen og spylte detrituset ned i avløpet. "Julieta hadde HIV."

"Og Tamara?"

"Klamydia."

"Er det kommuniserbart?"

"Ja."

"Kan det behandles?"

"Klamydia kan behandles, ja, men ... vel, du vet om HIV."

"Ja." Clarice stirret inn i den tykke plastposen, Julietas vakre trekk ble forvrengt av det tykke materialet. "Så begge kvinnene var tilsmusset, men han brydde seg ikke."

"Nei. Vi fant sæd i halsen til den første jenta og jeg fant noe i munnen til Julieta da jeg vasket den. Typene var de samme."

"Men hvorfor skulle han ta seg tid til å kutte brystene fra kvinnen og deretter droppe dem? Jeg mener, det er tydelig på snittet at han tok seg tid til å gjøre en god jobb ... "

"Kanskje han ble forhastet. Kanskje han forlot dem der for deg og Acosta, og den ungen kom akkurat over dem. Hvem vet? På dette tidspunktet er ikke grunnen hans til å forlate dem poenget."

"Og poenget er?"

"Hvorfor var det nødvendig for ham å kutte kvinnene? Han kunne ha hatt sin vilje med dem uten å skade dem, men han følte at han måtte lemleste dem. Hvorfor var det? Hvorfor halsen og hvorfor brystene? Hvorfor valgte han kvinner hvem brukte ikke gummi?"

"Han kom med en uttalelse." sa Burton lavt. "En uttalelse om prostituerte som ikke bruker kondom. Prostituerte av lav kvalitet, smittet og som sprer sykdommen sin til klienten. Dette er som Jack the Ripper..."

Ordet som Arbitag hvisket var enda mykere. "Bingo." Umiddelbart begynte Burtons hjerne å fungere, og snudde spader med jord i hagen til hennes fruktbare hjerne på jakt etter informasjon. Legen sjekket et sterilt brett med instrumenter, og forsikret seg om at de var klargjort for neste inngang. "Og hva slags person ville ønske å målrette slike kvinner?"

Igjen funderte detektiven over spørsmålet og tenkte på mulige svar. New York City var et sted tett befolket med alle slags mennesker som ville ha HIV Jezebels utslettet fra planeten. Arbitag beveget seg bak henne, satte ett, så et andre bilde foran henne. Det første bildet var en folkemengde skutt på Tamaras åsted. Publikumsbilder var standard og var påkrevd for hvert åsted som ble jobbet i byen. Når man visste at de fleste mordere var psykologiske vesener, var det alltid en sjanse for at personen ville dukke opp igjen til åstedet for å glede seg over oppmerksomheten mens han skjulte identiteten sin.

Clarices skarpe øyne skannet det andre bildet, en folkemengde skutt fra Julietas åsted og klarte ikke å finne en forbindelse. Arbitag kjente frustrasjonen hennes og plukket en svart Sharpie fra jakkelommen, laget to sirkler på fotopapiret og smilte mens detektiven lente seg nærmere.

"Presten."

KAPITTEL VI

Kvinnen var vakker. Håret hennes var en smakfull nyanse av jordbærblond, smakfullt stylet i en hette med krøller rundt ansiktet hennes. Den innbydende munnen hennes var omkranset av rødt og de bleke brystene hennes svulmet ut rett under kantene på blondebamsen, og ertet ham med de fyldige, fregnete toppene. Han verket etter å gni fingeren langs de snødekte toppene, men han kjente henne ikke godt nok ennå.

"Ønsker du en drink?"

Hun nikket negativt og beveget seg nærmere ham på sofaen og snudde det vakre ansiktet sitt mot hans. Han tok hintet og lente seg ned, tok munnen hennes i et mildt kyss og stakk tungen inn i munnen hennes. Hun var så underdanig og han elsket det. Han ville være mannen, vise henne at han kunne ta vare på henne, og han ville at hun skulle vite det. Han kysset henne fortsatt, strakte seg bort og lot hånden sin komme rundt et av brystene hennes, mens han gned brystvorten hennes mellom fingrene hans.

"Du liker det, gjør du ikke?"

Han la stroppen av hennes slip ned over skulderen hennes, og lot fingrene glatte den myke huden hennes. Brystet hennes spratt ut, brystvorten myk og rosa, og han tunget det, tok seg tid til å føle de forskjellige teksturene. Han brukte tid på å bevege seg frem og tilbake mellom de to, men behovet hans var for stort og han kunne ikke kjempe mot det lenger. Mens leppene hans lærte dalen mellom brystene hennes, krøp hånden hans ned og koblet seg sammen med den steinharde kuken hans, og ga den et klem før den åpnet og slapp den.

"Sug det litt, vil du?"

Leppene hennes åpnet seg og han dyttet hodet hennes ned, stønnet dypt mens hun tok hele den seks tommer lange lengden hans inn i munnen og lot den treffe baksiden av halsen hans. Hun var så flink. Han kunne aldri få nok av den myke, våte varmen fra munnen hennes og den fleksible tungen hennes. Hun gned den mot undersiden av hanen hans, rettet mot den lille nervebunten like sør for ryggen og fikk ham til å skjelve.

"Ja, baby. Bare sånn. Ta det. Ta alt."

Han ønsket å knulle henne, men når hun begynte å suge kuken hans, visste han at han ikke ville vare. Den lille halsen hennes dannet et vakuum rundt stangen hans, og på en gang klemte hun og sugde ham på samme tid. Han lente seg bakover i stolen og holdt hånden på bakhodet hennes mens hoftene hans presset oppover, og tvang hanen lenger ned i spiserøret hennes.

"Å, ja. Å, faen, baby, jeg kommer til å komme!"

Spenningen hans ble ledsaget av det kvalte ropet hans og kroppen hans rykket for hver slipp, bena hans var stive og rett ut. Hun var så flink. Hun melket hver siste dråpe ut av ham, og etterlot ham svak og mett med et smil om munnen. Bankingen på sakristidøren tørket øyeblikkelig bort det smilet, og han spratt opp.

"Parad Perkins?"

"Jeg kommer rett ut."

Burton tok plass på en av kirkebenkene og kikket bort på Acosta. "Hva i helvete gjør han der inne?"

"Jeg vet ikke. Gi en privat velsignelse?"

Detektiven humret mørkt og kastet blikket rundt den lille kirken. Hun hadde ikke vært i en kirke siden Angie døde. Hun regnet med at det ikke fantes noen Gud hvis han lot henne dø slik. Sakristidøren åpnet seg og pastor Henry Perkins skred frem, uniformen hans plettfri. Han rakte ut en hånd til Acosta, og snudde seg så mot henne da hun reiste seg.

"Beklager at jeg lar deg vente. Jeg holdt på med dataarbeid."

"En datamaskin i en kirke. Verden går fremover."

"Alltid, detektiv Burton. Sjelens behov er ikke begrenset av teknologi." Perkins smilte som om han la en privat vits. "Hvordan kan jeg hjelpe deg?"

"Jeg ville stille deg noen spørsmål. Har du noe imot?"

"Ikke i det hele tatt."

"Flink." Burton så at ministeren nervøst vendte seg bort fra henne, så partneren hennes gå rundt alteret og undersøke de hellige trosartiklene hans med det tekniske øyet til en utdannet politimann. "Jeg la merke til at du var på Williams-scenen. Jeg tror du ba en bønn over henne."

"Øh, ja." Perkins svarte henne, og vendte deretter oppmerksomheten tilbake til Acosta. Hva er du nervøs for, pastor? "Jeg ga henne siste ritualer."

"Hvordan visste du at hun var katolikk?"

"Det gjorde jeg ikke. Jeg gir Last Rites til alle som trenger det, uavhengig av tro."

"Eller mangel på det?"

Pastor Perkins ristet på hodet. "Vi får alle frigjøring hvis vi ber om tilgivelse for våre synder. Hvorfor skulle en prostituert være annerledes?"

"Det er veldig elskverdig av deg, pastor Perkins. Er det derfor du kom til Friars-scenen?"

Hun fanget det minste snev av overraskelse i ansiktet hans før han tok seg til rette. "The Friars-scenen?"

Burton tok bildet fra arkivmappen hun bar og viste det til mannen, og observerte nøye reaksjonen hans. "Å, ja. Jeg var på vei til et bønnemøte og så det tilfeldigvis. Jeg ga henne Last Rites også."

"Jeg skjønner." Hun erstattet bildet. "Hadde du sett noen av jentene før de døde?"

"N-Nei."

En stamme. Hva er du så nervøs for? "Er du sikker?"

"Ja, jeg er sikker. Jeg ville vite det." Perkins så seg rundt igjen, og la merke til at Acosta hadde forsvunnet. "Hvor er Mr. Acosta?"

"Å, han er nok rundt et sted, mest sannsynlig ute og røyker."

"Unnskyld meg."

"Par Perkins, jeg er ikke ferdig ..."

Den gode pastor satte kursen mot sakristien på et dødt løp med etterforsker Burton rett bak seg. Acosta var inne i det lille rommet og undersøkte innrammede sertifikater som prikket panelet. Han så forvirret opp da Perkins løp inn.

"Ja, sir?"

Perkins' øyne flakket mot skapet i hjørnet, og la merke til at dørene var forsvarlig lukket. "Øh, dette er mitt private kontor, detektiv. Jeg ville satt pris på om du ville komme utenfor."

Acostas øyne knyttet seg til Burtons øyne, og han trakk på skuldrene. "Ikke noe problem."

Perkins lukket døren bak dem og vendte seg mot de to etterforskerne. "Hør her, hvis det ikke er flere spørsmål, må jeg forberede meg til morgendagens gudstjeneste."

Detektiv Burton håndhilste på ham. "Takk, pastor Perkins. Vi kontakter deg hvis vi har flere spørsmål."

De to detektivene forlot raskt kirken, på vei mot den uPatricked Chevrolet parkert ved fortauskanten. "Vår pastor Perkins er en interessant mann."

"Hva får deg til å si det?"

"Han har en venn i skapet. En realistisk gummidukke."

"En dukke?"

"Ikke hvilken som helst dukke. En sexdukke." Acosta fisket en plastpose opp av lommen. "Med en munnfull cum, kan jeg legge til."

"Pasten knullet en dukke da vi banket på."

"Ser slik ut." Acosta smilte. "Hva sier du at vi tar en rask stopp på MEs kontor?"

KAPITTEL VII

Natten spredte seg jevnt over byen som en mørk flekk av sot, svarte horisonten og blokkerte stjernene hun visste var der. Før de ble gift, hadde Harry alltid kommentert øynene hennes og sagt at han kunne se himmelen i dem. I kveld hadde hun kommet hjem tidlig og fant ham på jakt etter himmelen i kroppen til en blondine med falske pupper. Etter elleve års ekteskap hadde hun aldri forventet dette. Hun trodde på lykkelig i alle sine dager, på Prince Charming og hans vakre prinsesse, og med ett haneslag hadde mannen hennes knust disse drømmene.

Og så befant Carla Parker seg i samfunnets lokale vannhull, omgitt av beundrere som kjøpte henne drink etter drink, skudd etter skudd, og tok veien forbi grensen hennes. Hun visste ikke når hun krysset den grensen; hun visste bare at hun hadde sluttet å bry seg om sin utro ektemann. Han var som en fremmed gjenstand fast i slitebanen på skoen hennes, og hun plukket ham uanstrengt ut og kastet ham til side.

"Unnskyld meg." Det var stemmen hans som skar gjennom den alkoholholdige disen: høflig og gentleman. "Kan jeg kjøpe kaffe til deg?"

En nyanse og gråt oppsto fra hans plutselige inntreden i scenen. "Hei hvem er du?" "Vi så henne først." "Kom deg ut, din jævla engelske jævel!"

Hun ignorerte dem og snudde seg mot mannen og ga ham et beruset smil. "Ja takk." Han tok hånden hennes og hjalp henne ned fra barkrakken, og fanget henne grasiøst da hælen hennes grep inn i trinnet og kastet henne fremover. De andre lo av fylla hennes, men det gjorde han ikke. Han satte henne på beina og hjalp henne opp i en stol, og matet så krem- og sukkerkaffe til henne til hun kunne heve koppen til leppene.

"Bedre?"

"Ja, mye. Takk." Kaffen tørket bort noe av bløtheten og hun smilte til den kjekke fremmede. "Takk for at du reddet meg."

"Ingen behov for takk." Smilet hans var varmt og lett. "Hør her, leiligheten min er ikke langt unna her. Hvorfor drar vi ikke dit? Jeg kan lage deg litt mer kaffe."

"Det høres bra ut. La meg bruke badet først."

Mens hun var borte, tok han opp kaffen og ventet tålmodig på at hun skulle dukke opp, og la merke til at andre menn så nøye på. Hun kom ut, tørket hendene på en firkant av papirhåndkle og ble slått på av mannen som hadde kalt ham en 'engelsk jævel'. Han visste ikke hva som kom over ham, men i løpet av sekunder var han en snerrende skygge av sitt tidligere jeg, skutt mot mannen og taklet ham i gulvet. De andre mennene som hadde pratet med henne ble med i kampen, og kort tid etter ringte bartenderen febrilsk politiet mens stoler og flasker fløy og blod ble sølt.

Det var nesten trettifem minutter senere da Burton mottok anropet fra Stevens. "Det er en kamp i en bar som heter Sin City."

"Jeg har hørt om det før. Hvorfor ringer du meg om en slåsskamp?"

"Du vil snakke med offeret, Carla Parker. Hun sier at hun var i ferd med å reise med en mann da slåsskampen brøt ut. En engelskmann."

"Jeg er på vei."

Da hun kom, sa bartenderen god natt til den siste av lånetakerne og var ikke glad for å se henne. Kvinnen satt i en bås, en drink i den skjelvende hånden og håret i en rufsete sky rundt hodet.

Stevens ventet på henne og stirret på den utskårne fronten på blusen hennes. "Hennes navn er Carla Parker. Hun fant mannen sin i seng med en annen kvinne og bestemte seg for å drukne sinnet. Det ser ut til at hun kom litt for dypt i koppene og tiltrakk seg oppmerksomheten til flere menn som så henne som en "mulighet".

"Dum fitte." mumlet Burton. "Hvorfor kastet hun ham ikke ut?"

"Vet ikke." Han stoppet ved siden av boden. "Mrs. Parker, dette er detektiv Burton."

Parker så opp med øynene nedsunket og røde. Hun begynte å snakke, men ansiktet hennes smuldret opp og hun svelget noe av alkoholen mot løftet om nye tårer. Stevens rygget og Burton satte seg ned, strakte seg over og klappet kvinnens hånd.

"Fortell meg om ham, Mrs. Parker."

"Han så ut til å være hyggelig, en gentleman."

"Hvordan visste du at han var en gentleman?"

"Han hadde en engelsk aksent."

Burton så bort til Stevens og ga kvinnen et smil av oppmuntring. "Det er få og langt mellom. Mine herrer, mener jeg." Parker nikket og tok en annen drink. "Hva ellers fikk deg til å tro at han var en gentleman?"

"Han tilbød meg kaffe når resten av de kjeftene ville at jeg skulle drikke mer. Han ville ikke utnytte meg som resten av dem."

"Det var hyggelig av ham. Så hyggelig av en fremmed mann å komme deg til unnsetning, synes du ikke?" Detektivens ord fikk Parker til å føle seg ukomfortabel, men hun sa ingenting. "Du sa at du skulle reise med ham?"

"Ja, han inviterte meg til leiligheten sin. Vi skulle ha kaffe."

"Jeg skjønner." Burton stirret på kvinnen. "Kan du gi meg en beskrivelse av ham?"

"Høy, mørkhåret, skjegg, brune øyne."

"Kan du identifisere ham hvis du så ham igjen?"

"Ja." Parker så rundt på de andre offiserene, nysgjerrigheten hennes ble plutselig pirret. "Hvorfor er du så interessert i en mann som startet en kamp?"

"Fordi, Mrs. Parker, du er heldig som er i live. Din engelske gentleman myrdet to kvinner som vi kjenner til, og du kan ha blitt nummer tre."

KAPITTEL VIII

Fury styrte hans årer. Han kunne ikke tenke på smerten som stakk gjennom hodeskallen og sinnet som kokte blodet hans. Han hadde henne. Hun spiste ut av hendene hans og snart ville hun ha blødd på kanten av kniven hans. Jævla fitta! Han duppet i pannen mens han gikk tilbake til fronten av baren, ute av stand til å unngå å komme tilbake til stedet. Og der var hun, den drittsekkeren fra TV-en, og satt overfor kvinnen. Han kunne fortsatt ha henne. Nå, for å finne en måte å gjøre det på...

Burtons mobiltelefon ringte og hun tok den i bruk og forlot standen. "Burton."

"Hei, det er Acosta."

"Hvor har du vært? Jeg har prøvd å ringe deg fem ganger!"

"Jeg har vært her nede på laboratoriet. Du ba meg vente på resultatene, husker du?"

"Ja, men du kan ikke svare på telefonen?"

"Jeg har fått en teknisk forklaring på DNA de siste to timene, Clarence. Hjernen min er overbelastet."

Burton lo. "Så hvilke nyheter har du til meg?"

— Det er en tilfeldighet.

"Tuller du?"

"Nei. Prestens sæd er en tilfeldighet. Jeg er på vei til dommerens hus for å få arrestordren i orden."

Burton fordøyde informasjonen mens han snudde seg for å stirre på Carla Parker. Det var noe som ikke stemte, men hun visste ikke hva det var.

"Vil du møte meg hos dommer Anderson?"

"Nei, det er ikke nødvendig. Jeg kan ta meg av ting i denne enden. Jeg ringer deg når jeg får ting på plass og vi møtes for å ta ham inn."

"Ok. Bra jobbet, Acosta."

"Takk, Clarence. Vi sees senere."

Hun lukket telefonen og så tilbake på kvinnen. Hva var det? Hva var det som plaget henne? Burton trakk på skuldrene og dro bort til der Stevens sto.

"Vi har fyren."

"Hva, fyren fra i kveld?"

"Nei. Morderen. Jeg skal fortelle deg om det senere. Akkurat nå må vi få fru Parker hjem og komme oss ut herfra."

"Greit."

Parker så opp da hun kom bort. "Fikk du ham?"

"Nei, men vi fanget morderen, så du er fri til å gå."

"Du tror ikke han er morderen?"

"Nei. Vi har ugjendrivelige bevis som beviser at han ikke er det, så du er trygg."

Carlas øyne ble fylt av tårer. "Takk Gud."

"Detektiv Stevens vil sørge for at du kommer deg trygt hjem."

"Det er ikke nødvendig. Jeg skal ikke hjem. Jeg skal bare til et hotell nede i veien."

"Allikevel kan detektiven gi deg skyss til hotellet."

Parker reiste seg, tok opp drinken og samlet vesken hennes. "Takk det samme, men jeg skal gå. Jeg trenger litt frisk luft, hvis du skjønner hva jeg mener."

"Mrs. Parker, jeg trenger ikke å fortelle deg at det er farlig å gå på denne tiden på natten."

"Jeg skal være forsiktig." Hun snublet bort til døren og rettet seg opp mens hun tok tak i dørhåndtaket. "Takk for hjelpen."

Detektivene så henne gå, begge ristet på hodet over hennes dumhet. Stevens klappet Burton på ryggen. "Ikke din feil, Clarence. Hun er en voksen kvinne."

"Kunne vi ikke arrestere henne for beruset og uorden?"

"Ikke egentlig. Det ville enten bli kastet ut på grunn av en teknisk sak eller så ville vi bli saksøkt." Han gliste. "Eller å kjenne lykken vår, begge deler."

Hun lo og nikket. "Du har rett. Vel, la oss sette i gang, så skal jeg fortelle deg om presten på veien."

* * *

Carla nynnet mens hun gikk nedover gaten. Hun elsket New York City på denne tiden av natten. Dampen som strømmer opp fra kloakken, refleksjonene av neonskiltene i de mørke sølvpyttene, lyden av utålmodige sjåfører og lukten av eksos alt sammen gjorde byen til et magisk sted å være når solen trakk seg tilbake fra himmelen. Å være beruset tok heller ikke unna opplevelsen. Det forsterket alt, og hun følte seg absolutt "opphøyet".

Faen Harry! Hun lo og hoppet glad og husket oppmerksomheten hun hadde fått i kveld. Ser du, Harry? Du er ikke den eneste som kan få noen andre! Da hun nærmet seg hjørnet, så hun ham stå der med et smil om munnen og hun løp bort og kastet seg i armene hans. "Hvor ble du borte?"

"Jeg dro gjennom bakdøren. Jeg er ikke mye av en fighter."

Hun berørte bulen ved høyre tinning og han krøp. "Å, jeg beklager."

"Vil du fortsatt ha den kaffen?"

Hun la merke til gnisten i øynene hans og smilte. "Du mener, i leiligheten din?"

"Ja."

"Nei. Men jeg tar en drink."

"Ok. La oss gå."

Hun lot ham gå foran, snublende og fnisende mens han manøvrerte dem nedover gater og smug. Til slutt stoppet han i en mørk bakgate, dyttet henne mot veggen og kysset halsen hennes. "Jeg håper du ikke har noe imot en kjapping. Du er så vakker at jeg bare ikke kan dy meg."

"Nei." sa hun andpustent. "Jeg har ikke noe imot." De grove leppene hans gjorde henne gal, nappet det følsomme nakkekjøttet hennes og fikk henne til å skjelve. Da hendene hans beveget seg ned til midjen hennes og dro opp kanten av kjolen hennes, protesterte hun ikke. Kroppen hennes var sulten, sulten på oppmerksomheten til en mann som tydeligvis nøt hennes selskap. Faen deg, Harry. Fingrene hans rev trusen fra kroppen hennes og hun åpnet bena i forventning. "Å ja." Hun hvisket, og fitta kriblet. "Fan meg."

Ordene endte med en kvalt hyl, kroppen hennes spiddet på den ekstra store sysmedsaksen som han hadde dyttet inn i skjeden hennes. Blod, tykt og varmt, dekket hånden hans, og han stoppet for å snuse den før han dyttet den vonde kuken inn i dens pulserende strømmer. Hun prøvde å klore på ham, men han holdt lett håndleddene hennes på den ene hånden mens den andre holdt hoftene hennes tett. Snart ble kampene hennes svake, øynene hennes flagret og han presset inn i henne mer voldsomt, det fløyelsmyke varme blodet hennes smurte kanalen hennes.

Da Carla Parker pustet sitt siste åndedrag, eksploderte han inn i henne, hanen hans ble tykkere med hver puls av sperm som sprutet innsiden hennes og blandet seg med det rike blodet. Det var det beste ennå, tenkte han, lot hanen sin gli ut av henne og brukte kjolen hennes til å tørke bort litt av blodet. Nå, for å legge igjen en melding til den kvinnelige detektiven: en melding som ville fortelle henne at han ikke var til å leke med.

En melding for å fortelle henne at hun var neste.

KAPITTEL IX

Pastor Perkins så ganske overrasket ut da en liten hær av New Yorks beste dukket opp ved døren til kirken. Arrestasjonen gikk uten problemer, og Burton, Acosta og Stevens ble igjen sammen med de andre offiserene og søkte i lokalene for ytterligere bevis.

"Clarence!" Acostas samtale førte henne til å løpe, og hun og Stevens gikk inn i sakristien, på vei inn i ministerens lille leilighet. Partneren hennes sto på andre siden av rommet og pekte på bunnen av skapet; det samme skapet som huset Perkins sin sexdukke i gummi. En mørk væske strømmet jevnt fra under døren, strømmet i bekker over sementgulvet og suget inn i et lite, falleferdig teppe.

Stevens nærmet seg døren, brukte lommetørkleet til å ta tak i et av dørhåndtakene og dro det sakte opp. Inne, ved siden av gummioverkroppen, var overkroppen til en kvinne, et syn som fikk et gisp fra alle tilstedeværende.

"Jesus Kristus! Det er Carla Parker!"

Burton kom nærmere, øynene hennes festet seg til kvinnens ansikt. Uttrykket hennes var et av øde, av å gi opp livet og det rystet detektiven til bunnen av sjelen hennes. Blikket i øynene hennes ... "Clarence. Clarence, har du det bra?"

"Y-Ja." Hun kom tilbake i sin profesjonelle modus, fortsatt rystet. "Jeg har det bra."

Acosta rykket opp bak henne, stemmen hans lav og engstelig. "Clarice, hun ser ut som deg." For første gang stirret detektiv Burton på kroppen, virkelig stirret. Carla Parker var brunette, men håret hennes var blondt. En parykk var lagt på hodet hennes. "Og se, på brystet hennes." Et politimerke var festet gjennom fettvevet til Carla Parkers bryst. Merkenummeret hennes, 5803, var skrevet på en stripe med antiseptisk tape og festet til den. Stevens og Acosta stirret på henne i et langt øyeblikk, uten å ville kommentere.

"Det var ham."

"Hva?" ropte Acosta.

"Det var ham. Engelskmannen vår."

"Hva sier du? Hvordan kan det være ham når vi har bevis på Perkins?"

"Jeg vet ikke hvordan jeg skal forklare det, Stevens. Jeg bare vet det. Dette er en melding til meg."

"Hvorfor til deg?"

"Han må ha kommet tilbake til baren. Han må ha sett meg med henne og bestemt at jeg holdt henne fra ham." Burton klarte ikke å rive øynene hennes vekk fra Carla Parkers tomme øyne. "Han forteller meg at han kommer etter meg neste gang."

"Men hva med pastor Perkins?"

"Han er uskyldig."

Acosta beveget seg foran henne. "Hva gjør du? Vi har dette dritthodet dødt for rettigheter!"

"Gjør vi?"

Han så bort til Stevens som også stirret på henne. "Hva i helvete er dette?"

"Dette er en rød sild, iscenesatt for vår fordel og for å implisere Perkins. Perkins er ikke morderen." Hun snudde seg for å forlate rommet, og slengte ordene over skulderen: "Han er der ute og venter på meg."

* * *

Han satte to kvarter inn i maskinen og la avisen under armen. Leiligheten hans var bare noen kvartaler unna, og dette var en nødvendig del av hans daglige rutine, hans måte å opprettholde en forbindelse med den virkelige verden. Han sjekket klokken og satte farten opp. Nesten klokken seks. Tid for nyhetene. På tide å finne ut om den detektiven fikk beskjeden hans.

Breaking News-sendingen begynte klokken 5:59 og han satte seg til rette i hvilestolen, avisen på fanget og en øl i hånden. "God kveld. Vi starter med siste nytt fra St. Peter's på Lower East Side. Pastor Henry Perkins har blitt arrestert for drapet på Tamara Williams, Julieta Friars og det siste offeret, den 38 år gamle resepsjonisten Carla Parker.

Mrs. Parker hadde vært involvert i et slagsmål tidligere på Sin City Bar, men klarte å rømme uten skader. Da politiet hadde dratt, dro Mrs. Parker alene, til tross for at hun ble tilbudt transport av politiet og ble overfalt og myrdet på Canal Street."

Han lyttet intenst til kringkasteren, veide hvert ord og lette etter et glimt av den tispa, detektiv Burton. Han lurte på om hun ville være modig nok til å møte ham. Endelig. Det han hadde ventet på. Den tøffe politimannen kom på skjermen.

"Kan du fortelle oss noe mer om denne etterforskningen?"

Kvinnens øyne forlot ansiktet til den kvinnelige reporteren og snudde seg til kameralinsen. "Undersøkelsen er ikke over. Vi har arrestert en person av interesse, men jeg tror ikke personlig at personen er gjerningsmannen. Jeg tror at han fortsatt er der ute og venter på å slå til igjen."

Burton stirret inn i kameraet og ignorerte den sinte hviskingen fra Stevens, som sto like bak henne. "Jeg har meldingen din. Jeg venter på deg."

Reporteren snudde seg bort fra henne for å fullføre sendingen, og Stevens tok henne i skuldrene og snurret henne rundt. "Hva faen er det du gjør?"

"Prøver å finne morderen, John. På tide å spille spillet hans."

KAPITTEL X

Clarice Burton stilte seg foran speilet og sjekket refleksjonen hennes nøye. I årevis gjemte hun sin femininitet under uniformen sin, bak et merke som likestilte henne med alle de som ville ofre henne i navnet til den femininiteten. Og det var greit. Hun beveget seg innenfor avdelingens kretser, tilsynelatende uvitende om hviskene som fulgte henne da hun kom inn i lagrommet, men alltid smertelig klar over at uansett hvor hardt hun prøvde, ville hun alltid bli sett på som en rødhåret jente med store pupper.

Steget opp til detektiv hadde vært en besettelse. Hun tok seg av, leste og studerte når gutta var ute og karuserte eller spilte poker, og det harde arbeidet ga resultater. Hun måtte forlate avfallet på kontoret og gå opp til detektivenes avfall. Hennes medfødte evne til å snuse opp bevis holdt hodet og skuldrene hennes over mengden, og ganske snart ble hun utpekt for sine ekstraordinære evner. Nå kunne hun kommandere sin egen måte og hadde vært heldig å få kontakt med Acosta som partner. Han var fortsatt en av befolkningen som hatet tilstrømningen av kvinner til detektivrekkene, men han holdt kjeft og gjorde jobben sin.

Hun kjente seg ikke igjen. Denne personen, som sto foran speilet … dette hadde vært personen hun hadde vært for alle de årene siden. Angies mor. En kvinne som likte å være kvinne. En kvinne som likte å bli berørt og kysset. En kvinne som likte en mannskropp ved siden av hennes, og ble en under hvisken fra bomullslaken. Bare det å se sin egen buede kropp i kjolen gjorde at hun plutselig savnet intimiteten til en annens berøring, og hun lurte på hvorfor hun egentlig gjorde dette. Ville hun fange morderen eller oppleve sexen?

Hallklokken ringte midnatt, og hun sto forskjøvet foran brettet med hjertet banket i ørene. Øynene hennes streifet over ansiktene og stanset i noen sekunder for å hylle dem ordentlig. Hun gjorde dette for dem, for hver og en av de stakkars sjelene som hadde mistet livet til folk som engelskmannen. Ved å pågripe ham, ville hun gi dem en viss grad av fred og kanskje til seg selv også. Det var på tide å gå. Gi meg styrke.

Hun låste døren, sjekket at merket og pistolen hennes var i vesken hennes og skled inn i den umerkede bilen hun hadde tatt med hjem. Hacklene hennes steg umiddelbart, men hun hadde ikke tid til å fiske pistolen ut av vesken. Rolig, samlet, satte hun nøkkelen i tenningen og sa: «Hei, Jack».

"Hei, etterforsker Burton." Han satte seg opp i baksetet, holdt pistolløpet trykket mot bakhodet hennes og passet på å holde seg i skyggen. "Du ser nydelig ut i kveld."

Øynene hennes knyttet seg til hans i bakspeilet. "Jeg kledde meg slik for deg."

"Gjorde du virkelig?" Den skrøpelige stemmen hans sendte skjelvinger gjennom henne. "Sier du at du vil leke med meg?"

"Ja, Jack. Jeg vil leke med deg."

Han beveget seg så nærme at hun kunne kjenne den varme pusten hans på nakken hennes. "Du vet hva det betyr?"

Clarice kjente en skjelvende start dypt i magen og kunne ikke gjøre noe for å stoppe det. Hun visste nøyaktig hva hun mente, og hvis hun ikke vant dette spillet, ville resultatet være hennes død. "Ja," sa hun lavt. "Jeg vet hva det betyr."

"Du kan vise seg å være mitt beste mesterverk til nå, Clarice. En så modig kvinne å møte døden."

"Du vil ikke drepe meg, Jack."

"Jeg vil ikke?"

"Du vil heller knulle meg."

Hånden hans klemte plutselig halsen hennes og drev luften fra lungene hennes. "Jeg kan gjøre begge deler, detektiv. Ikke provoser meg. Du vil kanskje ikke finne opplevelsen like spennende hvis du gjør det."

Hun ville svare, men hadde ikke pust til å gjøre det. I stedet nikket hun og hånden hans gikk like raskt som den dukket opp og hun gispet.

"Unnskyld, Jack. Jeg mente ikke å gjøre deg sint. Jeg ga deg bare beskjed om at jeg helt og fullstendig tilbød meg selv for din fornøyelse."

"Du trenger ikke tilby. Jeg tar det jeg vil."

Hjernen hennes prøvde å jobbe raskt. Han var sint nå, noe hun ikke hadde ønsket. "Jeg beklager, Jack."

Han satte seg tilbake. "Det er slik jeg liker en kvinne. Underdanig. Vet du hvor du bor, etterforsker Burton?"

"Ja." Hun svarte uten å nøle. "Min plass er under deg."

Han smilte i mørket, kuken hans stivnet av hennes svar. Dette kom garantert til å bli den beste natten i livet hans. "Du har så rett, detektiv. Start bilen nå, så skal jeg fortelle deg hvor du skal dra."

Hendene hennes skalv, etterforsker Clarice Burton startet bilen, slapp den i stasjonen og satte kursen inn i mørket, uten å vite om hun ville komme hjem i live.

KAPITTEL XI

Hun visste ikke hvordan hun gjorde det, men på en eller annen måte klarte hun å styre bilen ved å følge instruksjonene han ga. Noen ganger, når politibiler passerte, tenkte hun på å signalisere dem og lurte på hva Acosta og Stevens tenkte på, om de hadde dratt tilbake til stedet hennes for å finne henne når hun ikke dukket opp. Forhåpentligvis lette de etter henne akkurat nå, men hun håpet ikke på at de ville finne henne. Instruksjonene som Jack hadde gitt henne førte dem ut av byen, utenfor rekkevidden som detektivene ville søke etter, og på en eller annen måte visste hun at han var klar over det. Til slutt ledet han henne inn i en oppkjørsel og beordret henne til å parkere bilen.

"Vi er her, dyrebare." Den grufulle stemmen hans pustet inn i øret hennes da hun skrudde av motoren. "Hvorfor går vi ikke inn der det er varmere?"

"Greit." Hun strakte seg etter dørhåndtaket, men hånden hans på skulderen hennes stoppet henne.

"Vent. Blindfold først. Lukk øynene."

Hun gjorde som han ba om, og skalv hardere da hun hørte bildøren bak åpnet seg. Skiftet i bilen gjorde henne oppmerksom på at han hadde forlatt baksetet og kjølig luft sveipet over henne da han åpnet døren hennes. Et mykt stykke stoff med øyemuslinger ble plassert i ansiktet hennes og da hun åpnet øynene kunne hun ikke se noe. Hånden hans dekket hennes og hun skalv ved følelsen av den grove huden hans.

"Klar, detektiv?"

Burton stolte ikke på stemmen hennes, så redd ble hun at hun bare nikket og ga helt fra seg kontrollen. Hun var nummen; hun kunne ikke føle noe annet enn der hånden hans berørte hennes og hvert skritt sendte støt gjennom kroppen hennes, som stadig satte henne i virkeligheten. Hun kjente en stigning i stien, så trinn, så en lang gang etter å ha gått gjennom inngangsdøren. Fremoverbevegelsen deres avtok og hun kjente at hun ble manøvrert rundt noe, og deretter presset hun forsiktig bakover. Da hun spratt, visste hun at hun satt på en seng og hjertet hoppet i halsen.

"Velkommen til mitt hjem, detektiv."

"Takk. Kan jeg ta av bindet for øynene?"

"Nei. Jeg vil at du skal holde dem på til jeg bestemmer meg for hvordan kvelden skal ende."

"Greit nok."

Burton prøvde å puste dypt i håp om at det ville hjelpe å holde frykten hennes i sjakk, men hun visste at han kunne fortelle at hun var forsteinet. "Du er annerledes enn jeg trodde." Han begynte, hendene hans glattet på skuldrene hennes. "Jeg forventet en hard kvinne, men du er alt annet enn hard."

"Hvorfor trodde du jeg skulle være vanskelig?" Hun hatet skjelvingen i stemmen, men varmen fra hendene hans gjennom det tynne stoffet i kjolen nådde henne.

Og han visste det. "Du må være vanskelig for å være en drapsdetektiv." Hendene hans beveget seg nedover armene hennes og fikk gåsehuden i kjølvannet. "Når var siste gang en mann rørte ved deg slik?" Da hun ikke ga noe svar, fortsatte han, bøyde seg ned ved øret hennes. "Når var siste gang en mann fortalte deg at du var spektakulær?" Fingrene hans beveget seg ned og børstet brystvortene hennes som fikk henne til å gispe. "Når var siste gang en mann ga deg en god, hard knulling?"

Clarice kunne ikke snakke. Når var siste gang hun hadde en god, hard knulling? Glem faen, når var siste gang hun ble kysset? Det at hun ikke kunne svare var et tydelig tegn. "Lenge." Hun svarte lavt.

"En vakker kvinne som deg?" Han rykket nærmere. "Jeg er sikker på at det er hundrevis av menn der ute som vil ha deg, så hvorfor er du alene?"

"Jeg er en politimann. Jeg har ikke tid ..."

"For forhold?" Han lo. "Jeg har hørt det før. Vakre kvinner hadde aldri tid til meg, spesielt ikke de horene." Hendene hans kjærtegnet brystene hennes, kuttet dem og sirklet brystvortene hennes gjennom stoffet. "Ta av deg kjolen."

Hun begynte å si noe, men ombestemte seg. Sakte reiste hun seg, hektet av grimedelen av kjolen og lot den falle fra brystene hennes. Hun var i ferd med å presse ned resten av kjolen da leppene hans angrep brystvortene hennes, slikket og sugde dem til de steg til smertefulle punkter. Clarice gispet etter pusten og elsket hver slikk og sug han ga henne. Det føltes så godt å bli henført at hun glemte faren og bare tenkte på de varme hendene hans på kroppen hennes.

"Jeg vil knulle deg, detektiv. Er du klar til å spille spillet mitt?"

Kroppen hennes ristet av oppmerksomheten hans, hun dyttet kjolen resten av veien ned, og stakk skuldrene ut. "Ja, Jack. La oss spille.

KAPITTEL XII

Burton var fortsatt redd. Hun sto naken med bind for øynene og ventet på hans kommando som bare en ivrig slave kunne. Hver nerve var på ende. Hvert hår ble stående. Hver fiber av henne skalv, hver bit ventet på hans ord.

"Jeg spiller grov, detektiv. Klarer du det?"

"Jeg kan takle mye mer enn du tror, Jack."

"Egentlig?" En tynn tone av leken vantro farget ordene hans og hun bet tennene sammen mot skjelvingen av frykt som slang seg gjennom henne. Han pustet med vilje mot nakken hennes, varmen fikk henne til å skjelve. "Jeg kan tenke på mange ting å gjøre med den vakre kroppen din."

"Jeg vedder på at du kan." sa hun lavt. "Men hvorfor lar du meg ikke betjene deg?"

"Hvorfor? Det er en hores jobb." Tonen hans gikk fra leken til sint på sekunder, noe som skremte henne. "Skal jeg behandle deg som de horene?"

"Nei." sa Burton raskt. "Jeg beklager, Jack." Hun sank på kne og senket haken mot brystet. "Vennligst godta unnskyldningen min."

"Jeg aksepterer unnskyldningen din." Hun kjente støvelen hans på ryggen og presset henne fremover på brystet hennes. "Men hvis det skjer igjen, dreper jeg deg. Forstår du?"

"Ja, Jack."

"Bra. Jeg hater kvinner som tror de kan overgå meg. Det kan ikke gjøres."

"Ja, Jack."

"Slikk støvelen min." Clarice lente seg ned, vel vitende om at foten hans var under ansiktet hennes og stakk ut tungen hennes, og smakte en kombinasjon av skitt og salt fra veien. Smaken var forferdelig, men hun prøvde å ikke vise den fordi hun var sikker på at han så. "Bra. Stå opp nå."

Hun sto sakte, kroppen skalv fortsatt. Selv da hendene hans kom rundt kroppen hennes, rettet mot de tunge brystene hennes, visste hun at den milde berøringen hans var løgn. Det hyggelige kjærtegnet ble til en litani av smerte, patricked av skrikene hennes. Fingrene hans klemte det ømme brystet hennes så hardt at hun visste at hun ville få blåmerker nesten umiddelbart. Hun kjempet mot trangen til å bekjempe ham; hun visste at det var det han ville. Da ville torturen bli verre. Fingrene hans fant nye mål og Burton besvimte nesten av smerten ved å ha vridd brystvortene hennes.

Med en gang stoppet han og lot den varme pusten hans fosse over halsen hennes. "Du er ganske tøff, detektiv." Hun snakket ikke fordi hun prøvde så hardt å ikke gråte, men hun visste at han visste det likevel. Han tok tak i hånden hennes og førte henne ned en lang gang, og hjalp henne deretter ned et sett med trinn. "La oss se hvordan du liker dette."

I det øyeblikket hun kjente det glatte skinnbåndet på håndleddet, visste hun at hun var i trøbbel. Hun prøvde å kjempe, men han var mye sterkere, og tvang henne inn i rammen, festet først det ene håndleddet, så det andre. Hun prøvde å sparke ham, men han fanget benet hennes og vred det enkelt inn i en skinnklemme, og passet også den andre ankelen i den ene. Nå var hun fullstendig prisgitt hans nåde.

"Du var en så flink jente, detektiv. Det er synd at du må straffes."

"Nei!" Burton vred på armene og prøvde å finne noe kjøp i skinnet og fant ingen. Rammen beveget seg og snudde seg, snudde henne slik at hun hang fremover og et bra brak bak henne matet inn i hennes verste frykt.

"Ja!"

Pisken fanget midten av ryggen hennes og hun gispet av skjærende smerte som raste gjennom kroppen hennes. Vippene falt igjen og igjen, hver gang fikk henne til å skrike, men det kom ut som et klynk. Ti piskeslag senere var hun en hulkende kjøttmasse, rykket i hendene og prøvde fortsatt å komme seg løs.

"Slipp meg, din drittsekk!"

"Å, hva er galt, detektiv? Du ville spille, og nå liker du ikke reglene?" Rammen vippet igjen, senket henne noen centimeter og hun visste hva som var neste. "Vel, hvorfor setter vi ikke i gang festen?" Hun kjente fingrene hans mot den tørre fitten hennes. "Gjør deg klar, detektiv. Jeg er i ferd med å rive deg opp."

Burton kjente støtet hans og hørte det ordløse skriket hans. Hendene hans forlot kroppen hennes og han trakk seg ut av fitta hennes og tok med seg buret. Fortsatt med bind for øynene kunne hun bare forestille seg hva scenen ville være: blod som rant rødt nedover bena hans mens det boblet fra to hull i hodet på hanen hans, to hull som hadde blitt boret inn i kjøttet hans av tvilling sølvstenger festet til et sølvbur som passet inn i fitta hennes. Mothakene ved basen ville sørge for at han ville blø kraftig hvis han skulle prøve å fjerne den.

"Din kjerring!" Han skrek fra et sted bak henne. "Hva faen gjorde du med meg?" Hun trakk i armene og bena og fant fortsatt ingen løslatelse. "Din tispe! Du ..." Plutselig stillhet ble bare brutt av et klynk og hun hørte buret treffe gulvet, raskt etterfulgt av lyden av kroppen hans som braste ved siden av det.

Detektiv Clarice Burton hang fra rammen, fortsatt hulkende, ikke av frykt, men av lettelse. Det var over. Nå måtte hun bare vente på at fyret skulle komme med hjelp. Acosta og Stevens ville bryte inn snart. Hun ville bare måtte lide kontorvitsene om å bli funnet naken. Det hele var over nå.

KAPITTEL XII

"Clarice! Clarice!"

Hun hørte Stevens stemme, men hun var for følelsesløs til å bevege seg. Armene hennes føltes som bly og hun var ør i hodet av blodet som samlet seg i hodet hennes. Skinnbøylene falt bort, en etter en, og hun ble hjulpet på bena, bare for å oppdage at hun ikke kunne stå. Sterke armer bar henne til et sted hvor hun ble lagt ned og dekket med noe. Noen minutter senere ble bindet for øynene fjernet, sugekoppene som kom bort fylt med en blanding av svette og tårer.

Hun blinket mot det sterke lyset, og reagerte som en som hadde stirret inn i en blitzpære og ble blendet et øyeblikk. Noen tørket en kald klut over øynene hennes, renset avfallet bort og hun løftet en hånd for å gni dem, mens hun fortsatt blinket rasende. Noen minutter til, og synet hennes hadde blitt såpass tydelig at Johns ansikt kom i fokus, uttrykket hans var uvurderlig.

"John, er det frykten jeg ser?"

"Går det bra?"

"Ja, jeg har det bra. Hvor er Acosta?"

Stevens svelget, øynene hans beveget seg til et sted på gulvet. "Han er der borte."

Ordene sank ikke inn før hun så kroppen, og vantro forvirret sinnet hennes. Partneren hennes, hennes nærmeste kollega, lå på gulvet, en blodpøl spredte seg som et teppe under ham. Burct lå noen få centimeter fra hånden hans, med pigger med mothager tredd med geleaktig kjøtt.

"Tony?"

Kriminalbetjent Stevens la hendene på Burtons skuldre med lav stemme mens flere offiserer strømmet inn i rommet. "Det var Acosta, Clarence. Han var Jack."

"Han kunne ikke ha vært det. Hvordan ... "

"Jeg ble oppringt tidligere i dag fra en Dr. Jonathan Herbert. Han sa at han hadde behandlet Acosta de siste ti årene og at Jack var en av hans manifesterte personligheter."

"Hvorfor tok han ikke kontakt med oss før nå?"

"Tilsynelatende var han i Baltimore på et stevne. Han kom ikke tilbake før i morges og fanget opp med lesingen. Det var da han oppdaget at det var Acosta."

En skjelving startet dypt inne i Burton som hun ikke klarte å stoppe, og hun falt sammen til tårer i armene til Stevens. Hun var nær døden. Det var ikke det som skremte henne mest. Det var at hele denne tiden hadde Acosta vært så nær henne.

"Ta meg ut herfra, John. Vær så snill. Ta meg hjem."

* * *

De neste dagene var fylt med mer aktivitet enn Burton kunne takle. Alle medier ønsket å snakke med den tøffe detektiven som hadde tatt "Jack the Ripper"-morderen, men hun ville ikke ha noe med det å gjøre. Hun trakk seg tilbake til huset sitt, tilbrakte tid foran korktavlen av bilder og gråt ukontrollert. Hun hadde nesten sviktet dem. Hun hadde vært så oppslukt i jobben sin, i jakten på denne morderen at hun glemte å leve. Var det det Angie ville ha ønsket at moren hennes skulle avskjære seg fra sivilisasjonen?

Fire dager etter drapet ble hun beordret til kommissærens kontor for å gi en fullstendig orientering og kom ut av opplevelsen og følte seg utslitt. Politimesteren rådet henne til å ta noen dager med ferie for å samle tankene sine, og hun samtykket, fortsatt for følelsesmessig rå fra orienteringen til å protestere. Da hun gikk forbi kriminalbetjentens kontor, stanset hun for å se inn og så hva hun lengtet etter å være en del av. Stevens, Andreotti og et par andre gutter satt sammen rundt et skrivebord, spøkte og lo sammen.

Hun klarte ikke å stoppe seg selv. Hun dyttet opp døren, gikk inn i det åpne rommet og alle øyne vendte seg mot henne. Burton svelget og sa til seg selv at hun bare ville sjekke telefonen for meldinger og gå like stille. Alle så på henne mens hun gikk forbi, haltende lett fra de helbredende piskesårene, og observerte lydløst hennes tause styrke. Det første klappet frøs henne fast og hun snudde seg for å se Stevens stå og klappe for henne. Andreotti og de andre ble med og i løpet av få øyeblikk sto hver detektiv og applauderte detektiv Clarice Burtons mot.

Hun gikk bort til skrivebordet og sjekket meldingene hennes, og tørket tårene rasende mens hun skriblet ned informasjon. Da hun la på telefonen, la hun merke til en liten pakke i hjørnet og pakket den sakte ut. Inne var det sølvfargede vaginalburet, med utstikkerne intakte, bortsett fra at de piercet en leketøysmodell av Jack the Ripper. En liten lapp vedlagt på bunnen lyder: Velkommen til jungelen. Av en eller annen merkelig grunn fikk ordene tårer i øynene hennes, og hun forsto hva kollegene hennes sa. Hun var alltid en av dem, og hun var spesiell for teamet på en måte de ikke var. Deres maskulinitet kunne ikke la dem innrømme sin kjærlighet til henne, men de ga henne beskjed om at hun var elsket.

Detektiv Burton blåste nesen hennes, rettet opp skrivebordet og gikk ut, lettet over å merke at detektivrommet var tilbake til det normale, folk svarte på anrop, fylte ut papirer og snakket om saker. Hun stoppet ved skrivebordet der gutta var. "Du skylder meg lunsj."

"Hva?" sa Andreotti og så på meddetektivene sine.

"Jeg kan øvelsen. Løs en sak, mannskapet kjøper lunsj til deg, ikke sant?"

Stevens lo. "Ja, det er rett."

"Bra. Hver av dere skylder meg lunsj."

Burton gikk ut av rommet med et smil om munnen og en brann i hjertet hennes. Jeg skal leve, Angie. Jeg skal leve.

SLUTT

65